놓치고 싶지 않은 우리의 순간을 담아낸 그림 앨범

천천히 크렴

중앙books

이든이에게

집에 갈 만하면 회식
집에 갈 만하면 야근
집에 갈 만하면 친구전화

집에 갈 만하면 금요일

그렇게 도착한 집엔
늘 잠든 아들과
육아에 지친 아내의 얼굴

변화가 필요했던
'그래서'의 순간들…

같은 마음이라면

책장을 넘기며
사랑하는 가족의 얼굴을 담아보세요

그 마음을 모두

그림에. 다

차례

첫 번째 앨범

우리의 새로운 여행

식사시간이 짧아집니다

주워 먹는 게 때론 식사가 되고

폭풍흡입은

남편의 속도를 추월했습니다

세탁 바구니가 비어 있는 날이 없고

예쁜 옷보단 편한 옷을 고르게 됩니다

드라마보단 뽀로로를 더 많이 보고

길고 긴 아이의 식사 시간과

어느덧 쪽잠에 익숙해진

우리의 새로운 여행

여자,
그리고
엄마

아이는 엄마의 시간을 먹고 자란다

시간 날 때 먹어 두는 게 육아의 기본

또 폭풍흡입

아이는 엄마의 뒷모습을 보고 자란다

아이 챙기느라 늘 끼니를 놓친다

그런데 살찐다

아이러니

예쁜 옷보단 편한 옷

여자 옷보단 엄마 옷

엄마가 행복해야 아이도 행복하다

쇼핑은 무죄

깨어나면 완성되지 않는 것

손톱 깎기

식당에서 가장 먼저 할 일

사정거리 확보

노는 게 제일 좋아
친구들 모여라

엄마의 불금

엄마들의 뜻하지 않은 친목회

병원 대기실

긴 식사의 여정

일상

아내에게도
아내가
필요하다

아내의 뒷모습

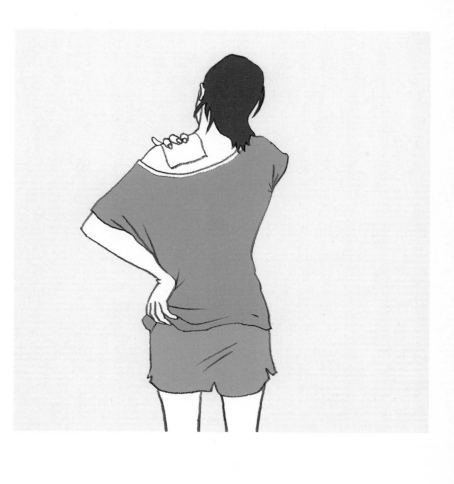

혼자 노는 시간 = 잠깐 쉬는 시간

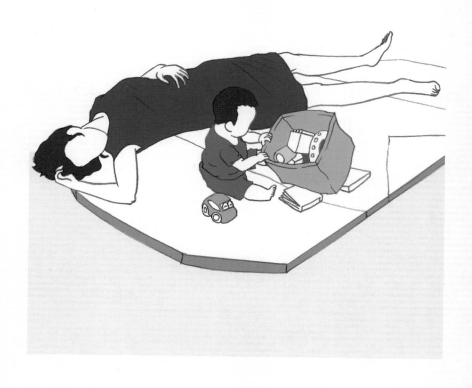

더운데 엘리베이터 좀 켜야겠다

그렇게 에어컨이 켜졌다

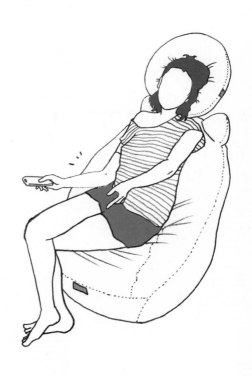

아내에게도 아내가 필요하다

남편이 일찍 들어와야 하는 이유

요즘은 늘 묻게 된다

"뭐 놓고 가는 거 없어?"

전에 없던 아내의 건망증

연애할 땐 상상도 못했을…

#주워 먹기

잠깐 앉았다
깊게 잠들다

재우고 나서

엄마가 되어 운동을 해야겠다고
다짐할 때

아이를 안고 10분 후

잦은 야근이 만든 아내의 앵글

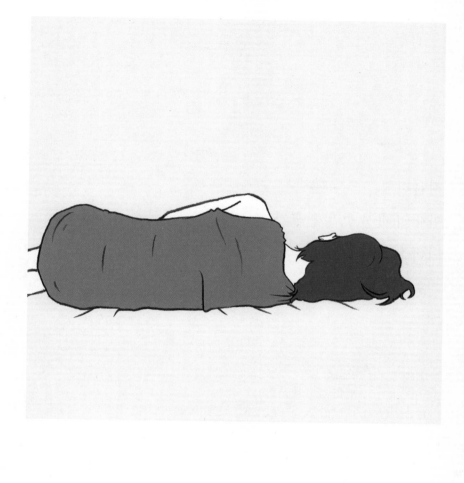

지금처럼
아내의 가장 좋은 친구가 54
되어주길

내 삶의
무게

내 삶의 무게

58

출근길

시간을 훔치는 도둑

집안일

사랑한다는 말을 대신하는 몸짓

포옹

재우기의 하이라이트

#놓 고 온 다

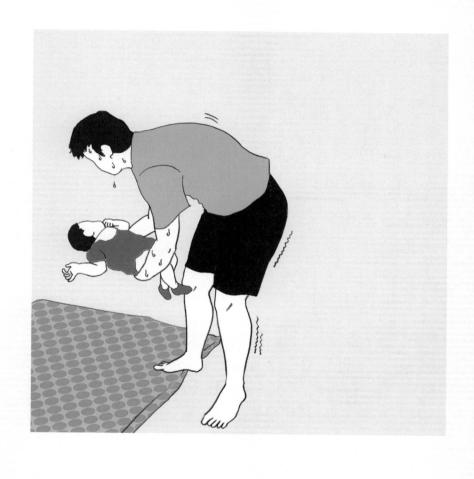

받는 시간은 길지만
버리는 건 순식간

월급 같은 아들의 목욕물

야근 수당 없는 주말 초과 근무

난이도가 점점 높아지는 장난감 조립

배터리 충전 중

충전조건: 금연

출근시간이 점점 늦어진다

아빠는 오늘 월급을 받은 걸까?

월급을 털린 걸까?

오후의 발견

천천히 크렴

멈칫

멈칫

그리고

또

멈칫

#출근

그래도 천천히 크렴

아이가 조용하면 불안하죠

토요일 아침 아빠의 단잠을 깨우고

엄마 아빠가 주말 내내 청소만 하게 만들죠

생각지도 못한 돌발 상황에

엄마 아빠의 외출은 늘 늦어지지만

하루가 다르게 자라나는 아이를 보며

문득 떠오르는 말,

그래도

천천히 크렴

가족의
풍경

엄마가 오래된 친구를 만나면

아들은 새로운 친구와 신나고

아빠는 어색한 친구가 생긴다

저녁이 있는 삶

아내가 드라마 볼 때 하지 말아야 할 것

드라마 중계

주말, 엄마가 제일 싫어하는 놀이

아빠의 시체놀이

한 치수 크게 사도

1년 뒤면 작을 걸 알면서도

엄마들의 괜한 욕심

영상통화로나마 함께하는 저녁

\# 아빠의 야근

일찍 나서도 늦은 출근

#보고 또 보고

모델의 의견은 중요하지 않은

엄마의 므흣함

깔맞춤

시선을 돌려서!

낚아채고!

건네면!

끝

당분간 영업정지

아내의 화장대

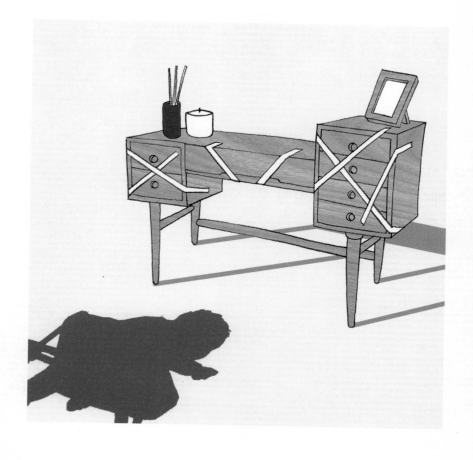

깨어나면 완성될 수 없는 것

이발

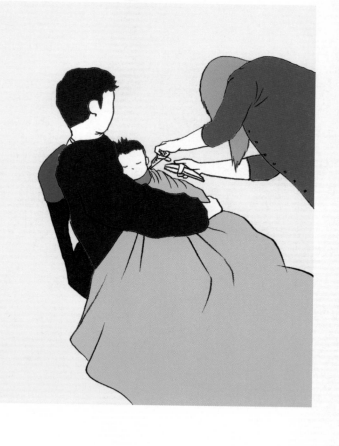

나의 건망증이 아이의 변비를 부른다

108

정확해야 하는 것들

아이들도 자신만의 공간이 필요하다

110

집 안의 집

천천히
크렴

아들의 유연함

그렇게 살길

미안. 아빠 맘속엔 담아 갈게

아빠의 출장

입으로 배운다

기-승-전--- 혀

아들에겐 장벽

엄마에겐 보호막

부엌 가는 길

어른이 되면 먹기 힘들 디저트

냠냠~

뽑아 쓰는 게 맞긴 한데…

크리넥스의 비애

거울아 거울아

세상에서 누가 제일 예쁘니?

너란다

장난감이 가장 두려워하는…

진격의 거인

슈베르트의 미완성 교향곡에

버금가는

미완성교향곡

독서를 배우는 중

엄마의 관심사는 아들의 관심사

체중계

아빠의 공든 탑은 무너진다

밥 튀기는 숟가락과의 사투

자동차 요리를 하고

자동차 설거지를 하고

자동차를 전자레인지에 돌리고

아들의 부엌 놀이기구 사용법

행복의
냄새

짬뽕
나왔습니다

피할 수 없는 사랑

아빠가 눈 뜰 때까지 계속 울리는

아빠의 알람

눈부신 햇살에

놀러 나가야겠다는 생각보다

빨래가 잘 마르겠다는 생각이…

슈퍼맨은 집안일을 한다

임기응 변

안 보이면 불안하다

티비에서만 아름다운 장면 154

여지없이 중요한 순간에 또 잠들다

156

과천 서울대공원에서도

기분이 안 좋다

짜증이 났다

울려고 한다

베란다에 간다

꼼지락 꼼지락

아들도 리모컨을 숨기려 한다

모든 게 닮는다

돈 들이지 않고도 즐거운 시간

그래서 부자

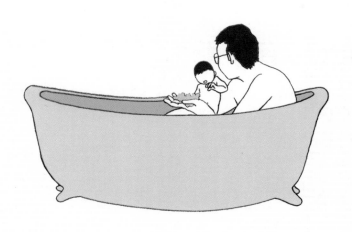

쉬는 날과 노는 날의 차이

어린이날

이 밤이 새도록 이러고 있을 수도 있단다

사랑

선수교체에 익숙할 시기

168

떼 쓸 겨를도 없는…

170

처음 받아보는 스포트라이트

그렇게 컸으니 그렇게 작아졌지

타이밍을 놓친 선물 받은 신발

이동반경이 넓어진다

조금은 서운하지만

그래도 기분 좋은 일

서고 걷고 뛰고

그게 참 좋으면서도

힘들게 한다

옷 입히기

친하게 놀다가도

장난감이 하나면

순식간에 적이 된다

경계경보 발령

참새가 방앗간을 그냥 지나칠 수 있나

이발소 사인

뽀뽀

\# 실상은 침범벅

그렇게 아버지가 된다

퇴근길 현관문 앞에서

내 어깨를 몇 번 두드려주고 들어간다

아들이 아빠가 오늘 전쟁터에서 입은 상처를

눈치채면 안 되니까

나의 아버지가 그러했듯

그렇게 아버지가 된다

시간이
기르는
나무

아내와 나의

거울

꿈나라까지 바래다 주는 중

그래야 나의 시간

확인해야 하는 것

해결되면 좋은 것

외출 전

침대는 가구가 아닙니다

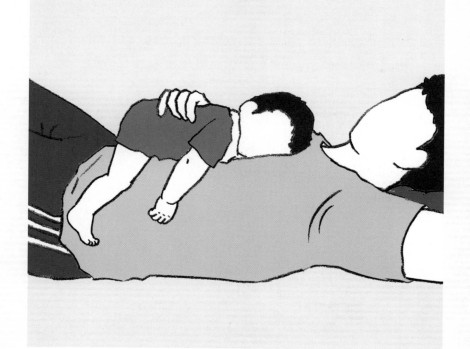

내가 좀 가렵고 말지

아빠가 팬티만 입고 자는 진짜 이유

눈 뜨자마자

이야기꽃

나의 나무

200

식목일

1. 피아노 곡을 튼다

2. 자동차를 태운다

3. 말을 걸진 않는다

잠 안 드는 밤의 비책

사이즈가 맞을수록 앉지 않겠지만…

아빠라는 의자

아들이 걷는 연습을 하는 동안

아빠는 속도를 맞추는 연습을 한다

함께 걷기 위한 준비

미안하다 사랑한다

아빠의 치카치카법

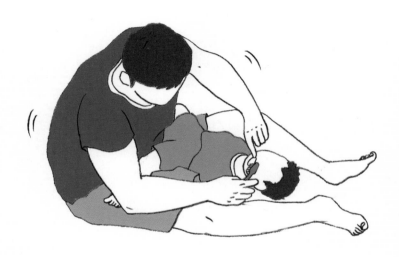

주말 단잠을 잡아먹는 진격의 거인

시간이 기르는 나무

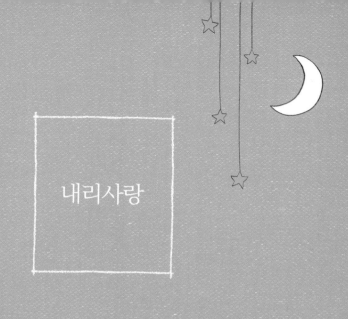

내리사랑

이제야 조금 아주 조금 알 것 같은

내리사랑

할머니의 든든한 빽 218

잘 먹이겠다는 목적은 같지만

잘 먹이겠다는 방법이 좀 다를 뿐

맞벌이 부부는

이번 주도

할머니의 주말을 삼켜버렸다

나도 여전히 업혀 있다

지친 하루를 치유하는 아빠의 대일밴드   226

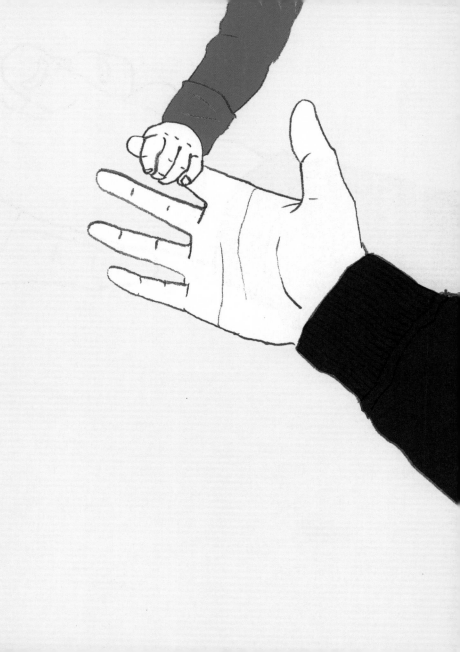

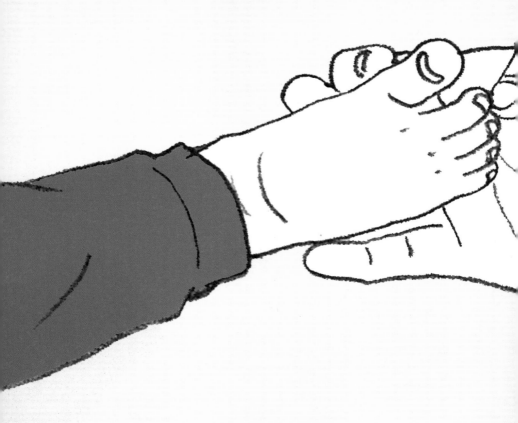

하나, 둘, 셋, 넷, 다섯

하나, 둘, 셋, 넷, 다섯

……

세다 보면 잠이 든다

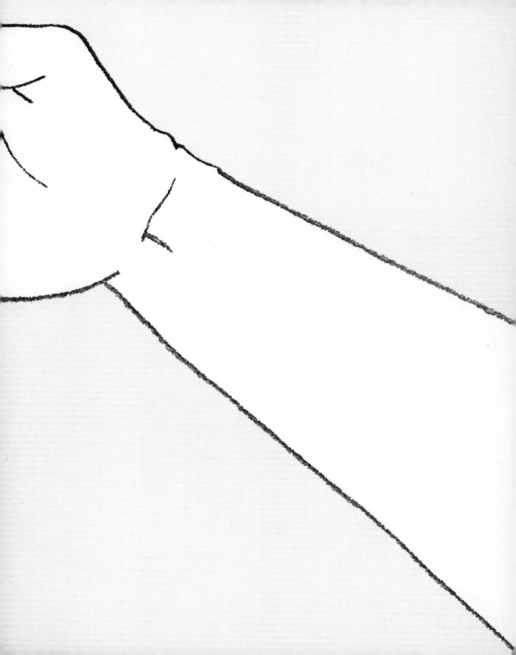

아빠 인생 최고의 선물

너와의 시간

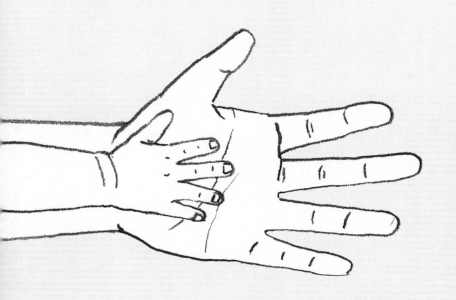

가을도 없이 겨울

그래도 손 잡긴 좋은 계절

일어서다   234

언제부턴가 손 씻는 게 일 236

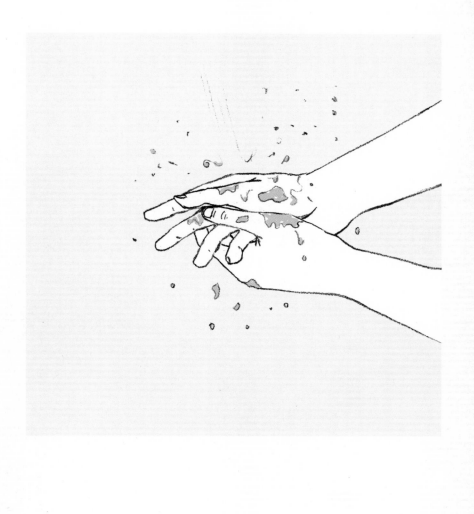

그리운 네일아트 238

손을 잡고는 있겠지만 꽉 쥐진 않을 거야

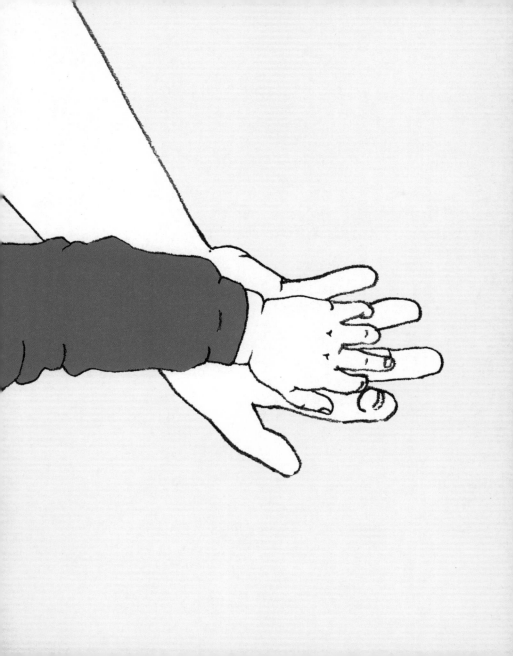

아빠를
읽다

늘 미안한 아빠의 앵글

작지만 이거 한 방이면

오늘 하루도 편해진다

단 생색은 내지 말 것

모두 잠든 시간

아빠의 불금

이렇게 어렵지 않았는데…

아빠의 발톱 깎기

10시에 들어간다고 하고
9시에 현관문을 여는 것

신뢰의 요령

생각이 몽롱한 오후
가장 좋은 처방전

[#] 쪽잠

한 달에 한 번쯤은

어제는 야근 오늘은 회식

목소리가 작아질 수밖에…

행복의 대가

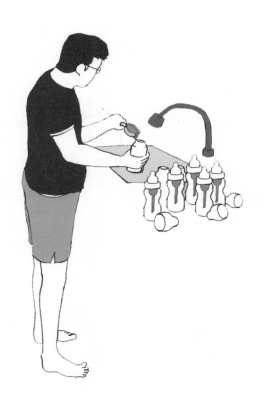

에스프레소처럼 일하고 싶다

262

오늘도 야근할 생각을 하니…

전기의 발명

야근의 시작

민방위 훈련

봄과 함께 온 오후의 불청객

졸음

생각의 가출

날씨 좋다고 칭찬

아끼지 않았건만

또 배신

오늘 뭔가 좀 답답하다 싶더니

급한 출근은 가끔 아내의 양말을 신게 한다

그렇게 아버지가 된다 276

시간을 그림에, 다

이른 퇴근길

추위에도 아랑곳않고

아이들이 모여있는

문방구 앞을 지나치다 보면

어릴 적 '방구'란 단어만 봐도

피식 웃던 생각이 난다

그렇게 문방구에서

작은 자동차 하나를 샀고,

집으로 가는 길엔

그때의 그 웃음이 따라온다

…아들이 기다린다

뜨겁게
기억될
여름

운동부족이 만든 아빠의 프러포즈

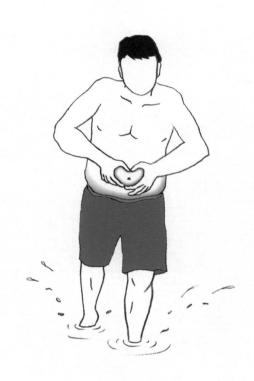

더워도 떨어질 수 없는 사이

걷기 전까지의 외출

치마는 더 짧아지고
너는 더 길어지는구나

여름

지켜보는 삶

\# 아빠들

우리 둘만 아는 시간

아침 산책

가을의
순간들

손을 흔드니
손을 흔들어 준다

가을바람

너는 이 순간을 기억 못하겠지만

아빠는 기억 속에 계속 담아둘게

2살의 가을

네가 없었다면 평범했을 가을   298

엄마의 시선은 가을을 보지 않는다

아이를 본다

사소한 풍경은 결코 사소하지 않다

너와 함께라면

아빠를 보지 말고 바다를 보렴

파도바람이 가까워 너무 거세지면

바다를 보지 말고 아빠를 보렴

두 남자의 가을 바다

네가 다가올수록 난 아들과 멀어져

그냥 가라 감기

창밖이
그리운
계절

할머니가 잠깐 외출하셨다고

현관문만 보고 있으면 아빠가 섭하지…

오랜만에 둘이

아빠의 헬스클럽

곧 외출할 거란 약속은

봄이 곧 지켜줄 거야

아빠가 계절이라면 따뜻한 겨울

아빠가 건강할게

감기 전염자의 최후 변론

아빠가 건강할게

감기 전염자의 최후 변론

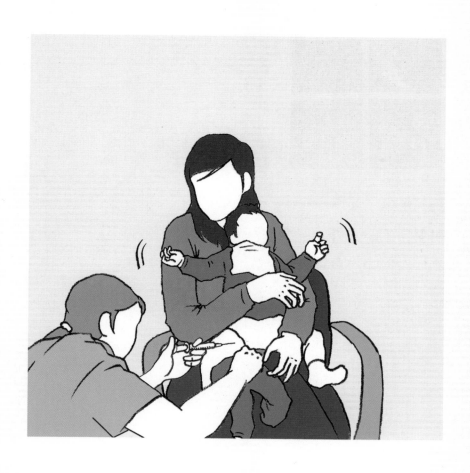

아직은 선물보다 선물상자

창문 안의 계절

루돌프는 크리스마스가 좋았을까?

처음이면 설레고 익숙하면 단지 춥지

아이와 어른의 눈

다시
봄

나는 옷을 벗는데
너는 옷을 입는다

다시 봄

30년 뒤 오늘 네가 날 데리고 오렴

창경궁 산책

비가 신기한 걸까?

나가고 싶은 걸까?

외출중독

너를 만난 두 번째 봄

아들과 아빠는 함께 자란다

한 장의 추억

누구나 어릴적엔

인형이 없으면 잠들지 못했죠

할아버지와도 쉽게 친구가 되고

선물 상자는 재미있는 놀이터였죠

미끄럼틀이라는 적을 물리치는가 하면

공통의 관심사 앞에서는

처음 보는 친구와도 동맹을 맺죠

단지 함께 있는 것만으로도 즐겁던 그때처럼

세상 모든 것과 다시 친해지세요

당신의 어린 시절이 그랬던 것처럼

그때를 그림에 다

＊'한 장의 추억'은
   SNS를 통해 가족들의 따뜻한 사진을 보내주신
   여러분을 위한 그림 앨범입니다.

저지레의 영토 확장

엄마는 멈추는 법을 알려주지 않았다

추상주의의 시작

347

남성육아 전성시대

348

의사표현의 시작

349

모닝빵을 기다리는 우리 집 갑의 자태

350

우주정거장 도킹보다 어려운 비염의 비애

기저귀 갈 때 하반신 왈 : 아! 이 잠깐의 자유

352

노는 물이 아니야

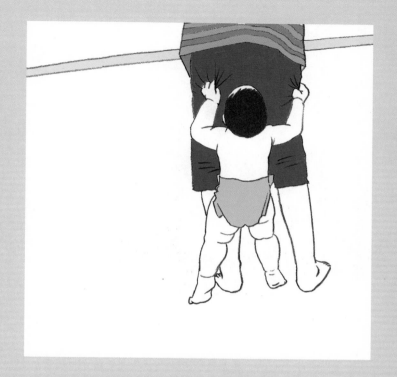

설거지는 그만하고 옷을 입혀달라!

354

얼굴 방석 인내력 테스트

뒤집다 만난 사이

신세계

357

인생은 홀로서기

홍수관제센터의 틀린 예측으로 인한 대참사

마치 아들 둘을 키우는 기분

턱받이로부터의 독립

361

아이의 침대는 늘 피곤하다

거실에 귤 지뢰 설치 중

많이 먹어두렴. 모유를 끊기 전에

엄마의 출근길, 꼭 한번 보게 되는 휴대폰 속 박카스

364

365

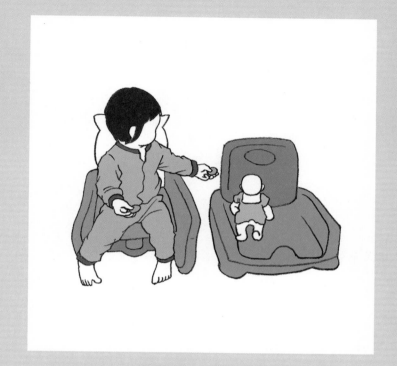

그 마음만은 크지 않길

Coloring
pages

잠깐이라도

놓치고 싶지 않은

우리의 소중한

순간을 채워 보세요

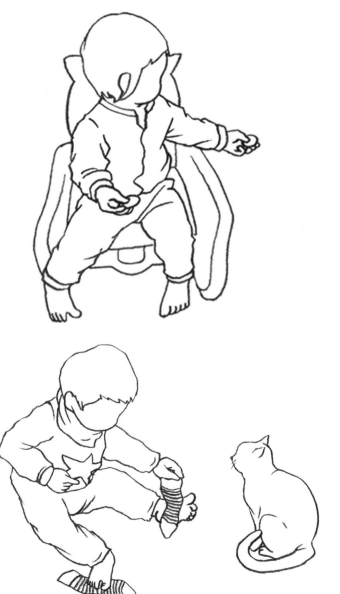

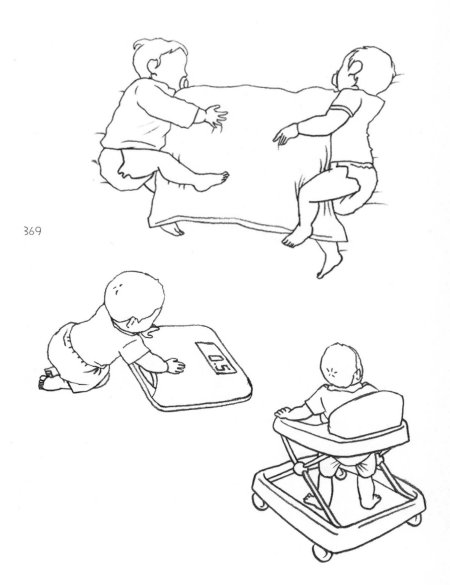

369

370

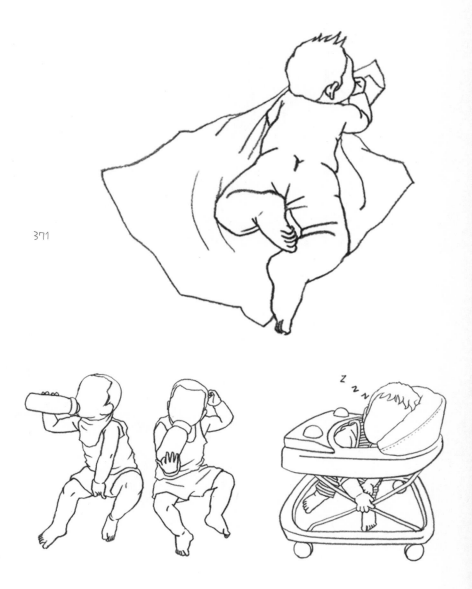

372

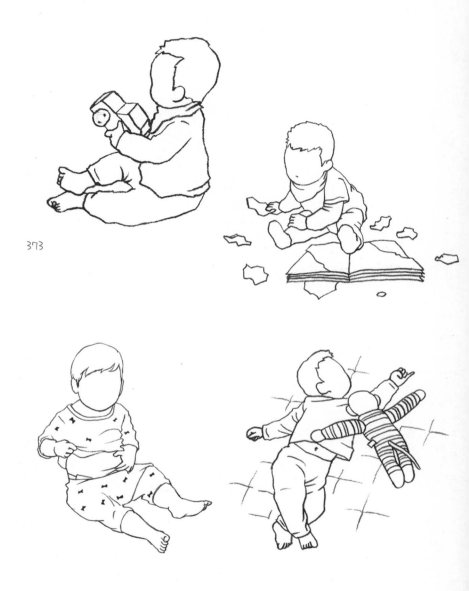

373

374

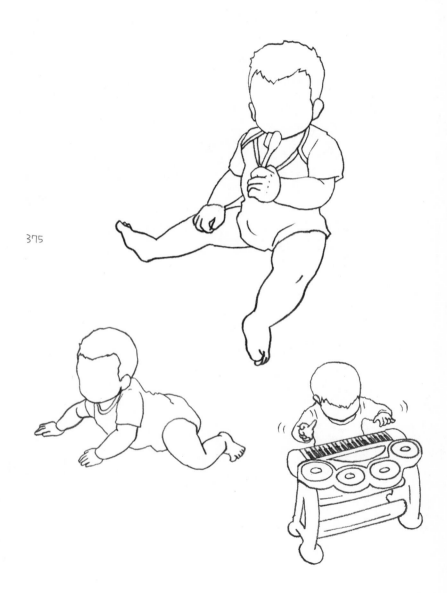

375

376

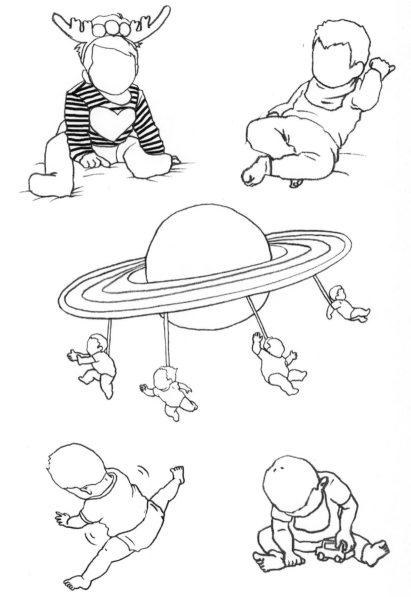

377

이 책에는 마침표를 찍지 않겠습니다

누군가 또 태어나고

누군가 또 부모가 된다는 것

오늘 마신 커피 한 모금처럼

쉼표로만 채우기에도 모자란 게 인생이니까요

놓치고 싶지 않은
우리의 순간을 담아낸
그림 앨범

천천히 그럼

초판 1쇄 2015년 2월 16일
　　 5쇄 2020년 1월 30일

지은이 　|　심재원

발행인 　|　이상언
제작총괄 　|　이정아
편집장 　|　조한별

발행처 　|　중앙일보플러스(주)
주소 　|　(04517) 서울시 중구 통일로 86 4층
등록 　|　2008년 1월 25일 제2014-000178호
판매 　|　1588-0950
제작 　|　(02) 6416-3950
홈페이지 　|　jbooks.joins.com
네이버 포스트 　|　post.naver.com/joongangbooks

ISBN 978-89-278-0612-7 03810